Robert Guiskard

Heinrich von Kleist

Herzog der Normänner

Fragment aus dem Trauerspiel

Personen.

Robert Guiskard, Herzog der Normänner.

Robert, sein Sohn,

Abälard, sein Neffe, , Normännerprinzen.

Cäcilia, Herzogin der Normänner, Guiskards Gemahlin.

Helena, verwitwete Kaiserin von Griechenland, Guiskards Tochter und

Verlobte Abälards.

Ein Greis.

Ein Ausschuss von Kriegern.

Das Volk der Normänner.

Szene: Zypressen vor einem Hügel, auf welchem das Zelt Guiskards steht, im Lager der Normänner vor Konstantinopel. Es brennen auf dem Vorplatz einige Feuer, welche von Zeit zu Zeit mit Weihrauch, und andern starkduftenden Kräutern, genährt werden. Im Hintergrunde die Flotte.

Erster Auftritt

Ein Ausschuß von Normännern tritt auf, festlich im Kriegsschmuck. Ihn begleitet Volk, jeden Alters und Geschlechts.

DAS VOLK in unruhiger Bewegung.

Mit heißem Segenswunsch, ihr würd'gen Väter,

Begleiten wir zum Zelte Guiskards euch!

Euch führt ein Cherub an, von Gottes Rechten,

Wenn ihr den Felsen zu erschüttern geht,

Den angstempört die ganze Heereswog

Umsonst umschäumt! Schickt einen Donnerkeil

Auf ihn hernieder, daß ein Pfad sich uns

Eröffne, der aus diesen Schrecknissen

Des greulerfüllten Lagerplatzes führt!

Wenn er der Pest nicht schleunig uns entreißt,

Die uns die Hölle grausend zugeschickt,

So steigt der Leiche seines ganzen Volkes

Dies Land ein Grabeshügel aus der See!

Mit weit ausgreifenden Entsetzensschritten

Geht sie durch die erschrocknen Scharen hin,

Und haucht von den geschwollnen Lippen ihnen

Des Busens Giftqualm in das Angesicht!

Zu Asche gleich, wohin ihr Fuß sich wendet,

Zerfallen Roß und Reuter hinter ihr,

Vom Freund den Freund hinweg, die Braut vom Bräut'gam,

Vom eignen Kind hinweg die Mutter schreckend!

Auf eines Hügels Rücken hingeworfen,

Aus ferner Öde jammern hört man sie,

Wo schauerliches Raubgeflügel flattert,

Und den Gewölken gleich, den Tag verfinsternd,

Auf die Hülflosen kämpfend niederrauscht!

Auch ihn ereilt, den Furchtlos-Trotzenden,

Zuletzt das Scheusal noch, und er erobert,

Wenn er nicht weicht, an jener Kaiserstadt

Sich nichts, als einen prächt'gen Leichenstein!

Und statt des Segens unsrer Kinder setzt

Einst ihres Fluches Mißgestalt sich drauf,

Und heul'nd aus ehrner Brust Verwünschungen

Auf den Verderber ihrer Väter hin,

Wühlt sie das silberne Gebein ihm frech

Mit hörnern Klauen aus der Erd hervor!

Zweiter Auftritt

Ein Greis tritt auf. Die Vorigen.

EIN KRIEGER.

 Komm her, Armin, ich bitte dich.

EIN ANDERER.

 Das heult,

 Gepeitscht vom Sturm der Angst und schäumt und gischt,

 Dem offnen Weltmeer gleich.

EIN DRITTER.

 Schaff Ordnung hier!

 Sie wogen noch das Zelt des Guiskard um.

DER GREIS *zum Volk.*

 Fort hier mit dem, was unnütz ist! Was soll's

 Mit Weibern mir und Kindern hier? Den Ausschuß,

 Die zwölf bewehrten Männer braucht's, sonst nichts.

EIN NORMANN *aus dem Volk.*

Laß uns

EIN WEIB.

Laß jammernd uns

DER GREIS.

Hinweg! sag ich.

Wollt ihr etwa, ihr scheint mir gut gestimmt,

Das Haupt ihm der Rebellion erheben?

Soll ich mit Guiskard reden hier, wollt ihr's?

DER NORMANN.

Du sollst, du würd'ger Greis, die Stimme führen,

Du einziger und keiner sonst. Doch wenn er

Nicht hört, der Unerbittliche, so setze,

Den Jammer dieses ganzen Volks, setz ihn,

Gleich einem erznen Sprachrohr an, und donnre,

Was seine Pflicht sei, in die Ohren ihm !

Wir litten, was ein Volk erdulden kann.

DER ERSTE KRIEGER.

Schaut! Horcht!

DER ZWEITE.

Das Guiskardszelt eröffnet sich

DER DRITTE.

Sieh da die Kaiserin von Griechenland!

DER ERSTE.

Nun, diesen Zufall, Freunde, nenn ich günstig!
Jetzt bringt sich das Gesuch gleich an.

DER GREIS.

Still denn!
Daß keiner einen Laut mir wagt! Ihr hört's,
Dem Flehn will ich, ich sag es noch einmal,
Nicht der Empörung meine Stimme leihn.

Dritter Auftritt

Helena tritt auf. Die Vorigen.

HELENA.

Ihr Kinder, Volk des besten Vaters, das

Von allen Hügeln rauschend niederströmt,

Was treibt mit so viel Zungen euch, da kaum

Im Osten sich der junge Tag verkündet,

Zu den Zypressen dieses Zeltes her?

Habt ihr das ernste Kriegsgesetz vergessen,

Das Stille in der Nacht gebeut, und ist

Die Kriegersitt euch fremd, daß euch ein Weib

Muß lehren, wie man dem Bezirk sich naht,

Wo sich der kühne Schlachtgedank ersinnt?

Ist das, ihr ew'gen Mächte dort, die Liebe,

Die eurer Lippe stets entströmt, wenn ihr

Den Vater mir, den alten, trefflichen,

Mit Waffenklirrn und lautem Namensruf,

Emporschreckt aus des Schlummers Arm, der eben

Auf eine Morgenstund ihn eingewiegt?

Ihn, der, ihr wißt's, drei schweißerfüllte Nächte

Auf offnem Seuchenfelde zugebracht,

Verderben, wütendem, entgegenkämpfend,

Das ringsum ein von allen Seiten bricht!

Traun! Dringendes, was es auch immer sei,

Führt euch hierher, und hören muß ich es;

Denn Männer eurer Art, sie geben doch

Stets was zu denken, wenn sie etwas tun.

DER GREIS.

Erhabne Guiskardstochter, du vergibst uns!

Wenn dieser Ausschuß hier, vom Volk begleitet,

Ein wenig überlaut dem Zelt genaht,

So straft es mein Gefühl: doch dies erwäge,

Wir glaubten Guiskard nicht im Schlummer mehr.

Die Sonne steht, blick auf, dir hoch im Scheitel,

Und seit der Normann denkt, erstand sein Haupt

Um Stunden, weißt du, früher stets, als sie.

Not führt uns, länger nicht erträgliche,

Auf diesen Vorplatz her, und seine Kniee,

Um Rettung jammernd, werden wir umfassen;

Doch wenn der Schlaf ihn jetzt noch, wie du sagst,

In Armen hält, ihn, den endlose Mühe

Entkräftet auf das Lager niederwarf:

So harren wir in Ehrfurcht lautlos hier,

Bis er das Licht begrüßet, mit Gebet

Die Zeit für seine Heiterkeit erfüllend.

HELENA.

Wollt ihr nicht lieber wiederkehren, Freunde?

Ein Volk, in so viel Häuptern rings versammelt,

Bleibt einem Meere gleich, wenn es auch ruht,

Und immer rauschet seiner Wellen Schlag.

Stellt euch, so wie ihr seid, in Festlichkeit

Bei den Panieren eures Lagers auf:

Sowie des Vaters erste Wimper zuckt,

Den eignen Sohn send ich, und meld es euch.

DER GREIS.

Laß, laß uns, Teuerste! Wenn dich kein andrer

Verhaltner Grund bestimmt, uns fortzuschicken:

Für deines Vaters Ruhe sorge nicht.

Sieh, deines holden Angesichtes Strahl

Hat uns beschwichtiget: die See fortan,

Wenn rings der Winde muntre Schar entflohn,

Die Wimpel hängen von den Masten nieder,

Und an dem Schlepptau wird das Schiff geführt:

Sie ist dem Ohr vernehmlicher, als wir.

Vergönn uns, hier auf diesem Platz zu harren,

Bis Guiskard aus dem Schlafe auferwacht.

HELENA.

Gut denn. Es sei, ihr Freund'. Und irr ich nicht,

Hör ich im Zelt auch seine Tritte schon.

Ab.

Vierter Auftritt

Die Vorigen ohne Helena.

DER GREIS.

Seltsam!

DER ERSTE KRIEGER.

Jetzt hört sie seinen Tritt im Zelte,

Und eben lag er noch im festen Schlaf.

DER ZWEITE.

Es schien, sie wünschte unsrer los zu sein.

DER DRITTE.

Beim Himmel, ja; das sag ich auch. Sie ging

Um diesen Wunsch herum, mit Worten wedelnd:

Mir fiel das Sprichwort ein vom heißen Brei.

DER GREIS.

Und sonst schien es, sie wünschte, daß wir nahten.

Fünfter Auftritt

Ein Normann tritt auf. Die Vorigen.

DER NORMANN *dem Greise winkend.*

Armin!

DER GREIS.

Gott grüß dich, Franz! Was gibt's?

DER NORMANN *dem ersten Krieger, ebenso.*

Marin!

DER ERSTE KRIEGER.

Bringst du was Neues?

DER NORMANN.

Einen Gruß von Hause.

Ein Wandrer aus Kalabrien kam an.

DER GREIS.

So! aus Neapel?

DER ERSTE KRIEGER.

Was siehst du so verstört dich um!

DER NORMANN *die beiden Männer bei der Hand fassend.*

Verstört? Ihr seid wohl toll? Ich bin vergnügt.

DER GREIS.

Mann! Deine Lipp ist bleich. Was fehlt dir? Rede!

DER NORMANN *nachdem er sich wieder umgesehen.*

Hört. Aber was ihr hört, auch nicht mit Mienen

Antwortet ihr, viel weniger mit Worten.

DER GREIS.

Mensch, du bist fürchterlich. Was ist geschehn?

DER NORMANN *laut zu dem Volk, das ihn beobachtet.*

Nun, wie auch steht's? Der Herzog kommt, ihr Freunde?

EINER *aus dem Haufen.*

Ja, wir erhoffen's.

EIN ANDRER.

Die Kaiserin will ihn rufen.

DER NORMANN *geheimnisvoll, indem er die beiden Männer vorführt.*

Da ich die Wache heut um Mitternacht,

Am Eingang hier des Guiskardszeltes halte,

Fängt's plötzlich jammervoll zu stöhnen drin,

Zu ächzen an, als haucht' ein kranker Löwe

Die Seele von sich. Drauf sogleich beginnt

Ein ängstlich heftig Treiben, selber wecket

Die Herzogin sich einen Knecht, der schnell

Die Kerzenstöcke zündet, dann hinaus

Stürzt aus dem Zelt. Nun auf sein Rufen schießt

Die ganze Sippschaft wildverstört herbei:

Die Kaiserin, im Nachtgewand, die beiden

Reichsprinzen an der Hand; des Herzogs Neffe,

In einen Mantel flüchtig eingehüllt;

Der Sohn, im bloßen Hemde fast, zuletzt

Der Knecht, mit einem eingemummten Dinge, das,

Auf meine Frag, sich einen Ritter nennt.

Nun zieht mir Weiberröcke an, so gleich

Ich einer Jungfrau ebenso, und mehr;

Denn alles, Mantel, Stiefeln, Pickelhaube,

Hing an dem Kerl, wie an dem Nagelstift.

Drauf faß ich, schon von Ahndungen beklemmt,

Beim Ärmel ihn, dreh ihm das Angesicht

Ins Mondenlicht, und nun erkenn ich wen?

Des Herzogs Leibarzt, den Jeronimus.

DER GREIS.

Den Leibarzt, was!

DER ERSTE KRIEGER.

Ihr Ewigen!

DER GREIS.

Und nun

Meinst du, er sei unpäßlich, krank vielleicht?

DER ERSTE KRIEGER.

Krank? Angesteckt!

DER GREIS *indem er ihm den Mund zuhält.*

Daß du verstummen müßtest!

DER NORMANN *nach einer Pause voll Schrecken.*

Ich sagt es nicht. Ich geb's euch, zu erwägen.

Robert und Abälard lassen sich, miteinander sprechend, im Eingang des Zeltes sehn.

DER ERSTE KRIEGER.

Das Zelt geht auf! Die beiden Prinzen kommen!

Sechster Auftritt

Robert und Abälard treten auf. Die Vorigen.

ROBERT *bis an den Rand des Hügels vorschreitend.*

Wer an der Spitze stehet dieser Schar,

Als Wortesführer, trete vor.

DER GREIS.

Ich bin's.

ROBERT.

Du bist's! Dein Geist ist jünger, als dein Haupt,

Und deine ganze Weisheit steckt im Haar!

Dein Alter steht, du Hundertjähr'ger, vor dir,

Du würdest sonst nicht ohne Züchtigung,

Hinweg von deines Prinzen Antlitz gehn.

Denn eine Jünglingstat hast du getan,

Und scheinst, fürwahr! der wackre Hausfreund nicht,

Der einst die Wiege Guiskards hütete,

Wenn du als Führer dieser Schar dich beutst,

Die mit gezückten Waffen hellen Aufruhrs,

Wie mir die Schwester sagt, durchs Lager schweift,

Und mit lautdonnernden Verwünschungen,

Die aus dem Schlaf der Gruft ihn schrecken könnten,

Aus seinem Zelt hervor den Feldherrn fordert.

Ist's wahr? Was denk ich? Was beschließ ich? Sprich?

DER GREIS.

Wahr ist's, daß wir den Feldherrn forderten;

Doch daß wir's donnernd, mit Verwünschungen,

Getan, hat dir die Schwester nicht gesagt,

Die gegen uns, solang ich denken kann,

Wohlwollend war und wahrhaft gegen dich!

In meinem Alter wüßtest du es nicht,

Wie man den Feldherrn ehrt, wohl aber ich

Gewiß in deinem, was ein Krieger sei.

Geh hin zu deinem Vater, und horch auf,

Wenn du willst wissen, wie man mit mir spricht;

Und ich, vergäß ich redend ja, was ich

Dir schuldig, will danach schamrot bei meinen

Urenkeln mich erkundigen: denn die

In Windeln haben sie's von mir gelernt.

Mit Demut haben wir, wie's längst, o Herr!

Im Heer des Normanns Brauch und Sitte war,

Gefleht, daß Guiskard uns erscheinen möge;

Und nicht das erstemal wär's, wenn er uns

In Huld es zugeständе, aber, traun!

Wenn er's uns, so wie du, verweigerte.

ROBERT.

Ich höre dich, du grauer Tor, bestät'gen,

Was deine Rede widerlegen soll.

Denn eines Buben Keckheit würde nicht

Verwegner, als dein ungebändigtes

Gemüt sich zeigen. Lernen mußt du's doch

Noch, was gehorchen sei, und daß ich es

Dich lehren kann, das höre gleich. Du hättest

Auf meine Rüge, ohne Widerrede,

Die Schar sogleich vom Platze führen sollen;

Das war die Antwort einzig, die dir ziemte;

Und wenn ich jetzt befehle, daß du gehst,

So tust du's, hoff ich, nach der eignen Lehre,

Tust's augenblicklich, lautlos, tust es gleich!

ABÄLARD.

Mit Zürnen seh ich dich und mit Befehlen,

Freigebiger, als es dein Vater lehrt;

Und unbefremdet bin ich, nimmt die Schar

Kalt deine heißen Schmähungsworte auf;

Denn dem Geräusch des Tags vergleich ich sie,

Das keiner hört, weil's stets sich hören läßt.

Noch, find ich, ist nichts Tadelnswürdiges

Sogar geschehn, bis auf den Augenblick!

Daß kühn die Rede dieses Greises war,

Und daß sie stolz war, steht nicht übel ihm,

Denn zwei Geschlechter haben ihn geehrt,

Und eine Spanne von der Gruft soll nicht

Des dritten einer ihn beleidigen.

Wär mein das kecke Volk, das dir mißfällt,

Ich möcht es anders wahrlich nicht, als keck;

Denn seine Freiheit ist des Normanns Weib,

Und heilig wäre mir das Ehepaar,

Das mir den Ruhm im Bette zeugt der Schlacht.

Das weiß der Guiskard wohl, und mag es gern

Wenn ihm der Krieger in den Mähnen spielt;

Allein der glatte Nacken seines Sohnes

Der schüttelt gleich sich, wenn ihm eins nur naht.

Meinst du, es könne dir die Normannskrone

Nicht fehlen, daß du dich so trotzig zeigst?

Durch Liebe, hör es, mußt du sie erwerben,

Das Recht gibt sie dir nicht, die Liebe kann's!

Allein von Guiskard ruht kein Funk auf dir,

Und diesen Namen[1] mindstens erbst du nicht;

Denn in der Stunde, da es eben gilt,

Schlägst du sie schnöd ins Angesicht, die jetzt

Dich auf des Ruhmes Gipfel heben könnten.

Doch ganz verlassen ist, wie du wohl wähnst,

Das Normannsheer, ganz ohne Freund, noch nicht,

Und bist du's nicht, wohlan, ich bin es gern.

Zu hören, was der Flehende begehrt,

Ist leicht, Erhörung nicht, das Hören ist's:

Und wenn dein Feldherrnwort die Schar vertreibt,

Meins will, daß sie noch bleib! Ihr hört's, ihr Männer!

Ich will vor Guiskard es verantworten.

ROBERT *mit Bedeutung, halblaut.*

Dich jetzt erkenn ich, und ich danke dir,

Als meinen bösen Geist! Doch ganz gewonnen,

Ist, wie geschickt du's führst, noch nicht dein Spiel.

Willst du ein Beispiel sehn, wie sicher meins,

Die Karten mögen liegen, wie sie wollen?

ABÄLARD.

Was willst du?

ROBERT.

Nun, merk nur auf. Du sollst's gleich fassen.

Er wendet sich zum Volk.

Ihr Guiskardssöhne, die mein Wort vertreibt,

Und seines schmeichlerisch hier fesseln soll,

Euch selber ruf ich mir zu Richtern auf!

Entscheiden sollt ihr zwischen mir und ihm,

Und übertreten ein Gebot von zwein.

Und keinen Laut mehr feig setz ich hinzu:

Des Herrschers Sohn, durch Gottes Gunst, bin ich,

Ein Prinz der, von dem Zufall großgezogen:

Das Unerhörte will ich bloß erprüfen,

Erprüfen, ob sein Wort gewichtiger

In eurer Seelen Waage fällt, als meins!

ABÄLARD.

Des Herrschers Sohn? Der bin ich so wie du!

Mein Vater saß vor deinem auf dem Thron!

Er tat's mit seinem Ruhm, tat's mit mehr Recht:

Und näher noch verwandt ist mir das Volk,

Mir, Ottos Sohn, gekrönt vom Erbgesetz,

Als dir dem Sohne meines Vormunds bloß,

Bestimmt von dem, mein Reich nur zu verwalten! [2]

Und nun, wie du's begehrt, so ist's mir recht.

Entscheidet, Männer, zwischen mir und ihm.

Auf mein Geheiß zu bleiben, steht euch frei,

Und wollt ihr, sprecht, als wär ich Otto selbst.

DER GREIS.

Du zeigst, o Herr, dich deines Vaters wert,

Und jauchzen wahrlich, in der Todesstunde,

Würd einst dein Oheim, unser hoher Fürst,

Wär ihm ein Sohn geworden, so wie du.

Dein Anblick, sieh, verjüngt mich wunderbar;

Denn in Gestalt und Red und Art dir gleich,

Wie du, ein Freund des Volks, jetzt vor uns stehst,

Stand Guiskard einst, als Otto hingegangen,

Des Volkes Abgott, herrlich vor uns da!

Nun jeder Segen schütte, der in Wolken

Die Tugenden umschwebt, sich auf dich nieder,

Und ziehe deines Glückes Pflanze groß!

Die Gunst des Oheims, laß sie, deine Sonne,

Nur immer, wie bis heute, dich bestrahlen:

Das, was der Grund vermag, auf dem sie steht,

Das zweifle nicht, o Herr, das wird geschehn!

Doch eines Düngers, mißlichen Geschlechts,

Bedarf es nicht, vergib, um sie zu treiben;

Der Acker, wenn es sein kann, bleibe rein.

In manchem andern Wettstreit siegest du,

In diesem einen, Herr, stehst du ihm nach;

Und weil dein Feldherrnwort erlaubend bloß,

Gebietend seins, so gibst du uns wohl zu,

Daß wir dem dringenderen hier gehorchen.

Zu Robert, kalt.

Wenn du befiehlst zu gehn, wir trotzen nicht.

Du bist der Guiskardssohn, das ist genug!

Sag, ob wir wiederkommen dürfen, sag

Uns wann, so führ ich diese Schar zurück.

ROBERT *seine Verlegenheit verbergend.*

Kehrt morgen wieder. Oder heut, ihr Freunde.

Vielleicht zu Mittag, wenn's die Zeit erlaubt.

Ganz recht. So geht's. Ein ernst Geschäft hält eben

Den Guiskard nur auf eine Stunde fest;

Will er euch sprechen, wenn es abgetan,

Wohlan, so komm ich selbst, und ruf euch her.

ABÄLARD.

Tust du doch mit dem Heer, als wär's ein Weib,
Ein schwangeres, das niemand schrecken darf!
Warum hehlst du die Wahrheit? Fürchtest du
Die Niederkunft?

Zum Volk gewandt.

Der Guiskard fühlt sich krank.

DER GREIS *erschrocken.*

Beim großen Gott des Himmels und der Erde,
Hat er die Pest?

ABÄLARD.

Das nicht. Das fürcht ich nicht.
Obschon der Arzt Besorgnis äußert: ja.

ROBERT.

Daß dir ein Wetterstrahl aus heitrer Luft
Die Zunge lähmte, du Verräter, du!

Ab ins Zelt.

Siebenter Auftritt

Die Vorigen ohne Robert.

EINE STIMME *aus dem Volk.*

Ihr Himmelsscharen, ihr geflügelten,

So steht uns bei!

EINE ANDERE.

Verloren ist das Volk!

EINE DRITTE.

Verloren ohne Guiskard rettungslos!

EINE VIERTE.

Verloren rettungslos!

EINE FÜNFTE.

Errettungslos,

In diesem meerumgebnen Griechenland!

DER GREIS *zu Abälard, mit erhobenen Händen.*

Nein, sprich! Ist's wahr? Du Bote des Verderbens!

Hat ihn die Seuche wirklich angesteckt?

ABÄLARD *von dem Hügel herabsteigend.*

Ich sagt es euch, gewiß ist es noch nicht.

Denn weil's kein andres sichres Zeichen gibt,

Als nur den schnellen Tod, so leugnet er's,

Ihr kennt ihn, wird's im Tode leugnen noch.

Jedoch dem Arzt, der Mutter ist's, der Tochter,

Dem Sohne selbst, ihr seht's, unzweifelhaft

DER GREIS.

Fühlt er sich kraftlos, Herr? Das ist ein Zeichen.

DER ERSTE KRIEGER.

Fühlt er sein Innerstes erhitzt?

DER ZWEITE.

Und Durst?

DER GREIS.

Fühlt er sich kraftlos? Das erled'ge erst.

ABÄLARD.

Noch eben, da er auf dem Teppich lag,

Trat ich zu ihm und sprach: Wie geht's dir, Guiskard?

Drauf er: »Ei nun«, erwidert' er, »erträglich!

Obschon ich die Giganten rufen möchte,

Um diese kleine Hand hier zu bewegen.«

Er sprach: »Dem Ätna wedelst du, laß sein!«

Als ihm von fern, mit einer Reiherfeder,

Die Herzogin den Busen fächelte;

Und als die Kaiserin, mit feuchtem Blick,

Ihm einen Becher brachte, und ihn fragte,

Ob er auch trinken woll? antwortet' er:

»Die Dardanellen, liebes Kind!« und trank.

DER GREIS.

Es ist entsetzlich!

ABÄLARD.

Doch das hindert nicht,

Daß er nicht stets nach jener Kaiserzinne,

Die dort erglänzt, wie ein gekrümmter Tiger,

Aus seinem offnen Zelt hinüberschaut.

Man sieht ihn still, die Karte in der Hand,

Entschlüss' im Busen wälzen, ungeheure,

Als ob er heut das Leben erst beträte.

Nessus und Loxias, den Griechenfürsten,

Gesonnen längst, ihr wißt, auf e i n e n Punkt,

Die Schlüssel heimlich ihm zu überliefern,

Auf e i n e n Punkt, sag ich, von ihm bis heut

Mit würdiger Hartnäckigkeit verweigert

Heut einen Boten sandt er ihnen zu,

Mit einer Schrift, die diesen Punkt[3] bewilligt.

Kurz, wenn die Nacht ihn lebend trifft, ihr Männer,

Das Rasende, ihr sollt es sehn, vollstreckt sich,

Und einen Hauptsturm ordnet er noch an;

Den Sohn schon fragt' er, den die Aussicht reizt,

Was er von solcher Unternehmung halte?

DER GREIS.

O möcht er doch!

DER ERSTE KRIEGER.

O könnten wir ihm folgen!

DER ZWEITE KRIEGER.

O führt' er lang uns noch, der teure Held,

In Kampf und Sieg und Tod!

ABÄLARD.

Das sag ich auch!

Doch eh wird Guiskards Stiefel rücken vor

Byzanz, eh wird an ihre ehrnen Tore

Sein Handschuh klopfen, eh die stolze Zinne

Vor seinem bloßen Hemde sich verneigen,

Als dieser S o h n , wenn Guiskard fehlt, die Krone

Alexius, dem Rebellen dort, entreißen!

Achter Auftritt

Robert aus dem Zelt zurück. Die Vorigen.

ROBERT.

Normänner, hört's. Es hat der Guiskard sein

Geschäft beendigt, gleich erscheint er jetzt!

ABÄLARD *erschrocken.*

Erscheint? Unmöglich ist's!

ROBERT.

Dir, Heuchlerherz,

Deck ich den Schleier jetzt von der Mißgestalt!

Wieder ab ins Zelt.

Neunter Auftritt

Die vorigen ohne Robert.

DER GREIS.

O Abälard! O was hast du getan?

ABÄLARD *mit einer fliegenden Blässe.*

Die Wahrheit sagt ich euch, und dieses Haupt

Verpfänd ich kühn der Rache, täuscht ich euch!

Als ich das Zelt verließ, lag hingestreckt

Der Guiskard, und nicht eines Gliedes schien

Er mächtig. Doch sein Geist bezwingt sich selbst

Und das Geschick, nichts Neues sag ich euch!

EIN KNABE *halb auf den Hügel gestiegen.*

Seht her, seht her! Sie öffnen schon das Zelt!

DER GREIS.

O du geliebter Knabe, siehst du ihn?

Sprich, siehst du ihn?

DER KNABE.

Wohl, Vater, seh ich ihn!

Frei in des Zeltes Mitte seh ich ihn!

Der hohen Brust legt er den Panzer um!

Dem breiten Schulternpaar das Gnadenkettlein!

Dem weitgewölbten Haupt drückt er, mit Kraft,

Den mächtig-wankend-hohen Helmbusch auf!

Jetzt seht, o seht doch her! Da ist er selbst!

Zehnter Auftritt

*Guiskard tritt auf. Die Herzogin, Helena, Robert, Gefolge hinter ihm.
Die Vorigen.*

DAS VOLK *jubelnd.*

Triumph! Er ist's! Der Guiskard ist's! Leb hoch!

Einige Mützen fliegen in die Höhe.

DER GREIS *noch während des Jubelgeschreis.*

O Guiskard! Wir begrüßen dich, o Fürst!

Als stiegst du uns von Himmelshöhen nieder!

Denn in den Sternen glaubten wir dich schon !

GUISKARD *mit erhobener Hand.*

Wo ist der Prinz, mein Neffe?

Allgemeines Stillschweigen.

Tritt hinter mich.

Hier bleibst du stehn, und lautlos. Du verstehst mich?

Ich sprech nachher ein eignes Wort mit dir.

Er wendet sich zum Greise.

Du führst, Armin, das Wort für diese Schar?

DER GREIS.

Ich führ's, mein Feldherr!

GUISKARD *zum Ausschuß.*

Seht, als ich das hörte,

Hat's lebhaft mich im Zelt bestürzt, ihr Leute!

Denn nicht die schlechtsten Männer seh ich vor mir,

Und nichts Bedeutungsloses bringt ihr mir,

Und nicht von einem Dritten mag ich's hören,

Was euch so dringend mir vors Antlitz führt.

Tu's schnell, du alter Knabe, tu mir's kund!

Ist's eine neue Not? Ist es ein Wunsch?

Und womit helf ich? Oder tröst ich? Sprich!

DER GREIS.

Ein Wunsch, mein hoher Herzog, führt uns her.

Jedoch nicht ihm gehört, wie du wohl wähnst,

Der Ungestüm, mit dem wir dein begehrt,

Und sehr beschämen würd uns deine Milde;

Wenn du das glauben könntest von der Schar.

Der Jubel, als du aus dem Zelte tratst,

Von ganz was anderm, glaub es, rührt er her:

Nicht von der Lust bloß, selbst dich zu erblicken;

Ach, von dem Wahn, du Angebeteter!

Wir würden nie dein Antlitz wiedersehn;

Von nichts Geringerm, als dem rasenden

Gerücht, daß ich's nur ganz dir anvertraue,

Du, Guiskard, seist vom Pesthauch angeweht !

GUISKARD *lachend.*

Vom Pesthauch angeweht! Ihr seid wohl toll, ihr!

Ob ich wie einer ausseh, der die Pest hat?

Der ich in Lebensfüll hier vor euch stehe?

Der seiner Glieder jegliches beherrscht?

Des reine Stimme aus der freien Brust,

Gleich dem Geläut der Glocken, euch umhallt?

Das läßt der Angesteckte bleiben, das!

Ihr wollt mich, traun! mich Blühenden, doch nicht

Hinschleppen zu den Faulenden aufs Feld?

Ei, was zum Henker, nein! Ich wehre mich

Im Lager hier kriegt ihr mich nicht ins Grab:

In Stambul halt ich still, und eher nicht!

DER GREIS.

O du geliebter Fürst! Dein heitres Wort

Gibt uns ein aufgegebnes Leben wieder!

Wenn keine Gruft doch wäre, die dich deckte!

Wärst du unsterblich doch, o Herr! unsterblich,

Unsterblich, wie es deine Taten sind!

GUISKARD.

Zwar trifft sich's seltsam just, an diesem Tage,

Daß ich so l e b h a f t mich nicht fühl, als sonst:

Doch nicht unpäßlich möcht ich nennen das,

Viel wen'ger pestkrank! Denn was weiter ist's,

Als nur ein Mißbehagen, nach der Qual

Der letzten Tage, um mein armes Heer.

DER GREIS.

So sagst du ?

GUISKARD *ihn unterbrechend.*

's ist der Red nicht wert, sag ich!

Hier diesem alten Scheitel, wißt ihr selbst,

Hat seiner Haare keins noch weh getan!

Mein Leib ward jeder Krankheit mächtig noch.

Und wär's die Pest auch, so versichr' ich euch:

An diesen Knochen nagt sie selbst sich krank!

DER GREIS.

Wenn du doch mindestens von heute an,

Die Kranken u n s r e r Sorge lassen wolltest!

Nicht e i n e r ist, o Guiskard, unter ihnen,

Der hülflos nicht, verworfen lieber läge,

Jedwedem Übel sterbend ausgesetzt,

Als daß er Hülf, von dir, du Einziger,

Du Ewig-Unersetzlicher, empfinge,

In immer reger Furcht, den gräßlichsten

Der Tode dir zum Lohne hinzugeben.

GUISKARD.

> Ich hab's, ihr Leut, euch schon so oft gesagt,
>
> Seit wann denn gilt mein Guiskardswort nicht mehr?
>
> Kein Leichtsinn ist's, wenn ich Berührung nicht
>
> Der Kranken scheue, und kein Ohngefähr,
>
> Wenn's ungestraft geschieht. Es hat damit
>
> Sein eigenes Bewenden kurz, zum Schluß:
>
> Furcht meinetwegen spart!
>
> Zur Sache jetzt!
>
> Was bringst du mir? sag an! Sei kurz und bündig;
>
> Geschäfte rufen mich ins Zelt zurück.

DER GREIS *nach einer kurzen Pause.*

> Du weißt's, o Herr! du fühlst es so, wie wir
>
> Ach, auf wem ruht die Not so schwer, als dir?
>
> In dem entscheidenden Moment, da schon

Guiskard sieht sich um, der Greis stockt.

DIE HERZOGIN *leise.*

> Willst du ?

ROBERT.

Begehrst du ?

ABÄLARD.

Fehlt dir?

DIE HERZOGIN.

Gott im Himmel!

ABÄLARD.

Was ist?

ROBERT.

Was hast du?

DIE HERZOGIN.

Guiskard! Sprich ein Wort!

*Die Kaiserin zieht eine große Heerpauke herbei und schiebt sie hinter
ihn.*

GUISKARD *indem er sich sanft niederläßt, halblaut.*

Mein liebes Kind!

Was also gibt's Armin?

Bring deine Sache vor, und laß es frei

Hinströmen, bange Worte lieb ich nicht!

Der Greis sieht gedankenvoll vor sich nieder.

EINE STIMME *aus dem Volk.*

Nun, was auch säumt er?

EINE ANDERE.

Alter, du! So sprich.

DER GREIS *gesammelt.*

Du weißt's, o Herr und wem ist's so bekannt?

Und auf wem ruht des Schicksals Hand so schwer?

Auf deinem Fluge rasch, die Brust voll Flammen,

Ins Bett der Braut, der du die Arme schon

Entgegenstreckst zu dem Vermählungsfest,

Tritt, o du Bräutigam der Siegesgöttin,

Die Seuche grauenvoll dir in den Weg !

Zwar du bist, wie du sagst, noch unberührt;

Jedoch dein Volk ist, deiner Lenden Mark,

Vergiftet, keiner Taten fähig mehr,

Und täglich, wie vor Sturmwind Tannen, sinken

Die Häupter deiner Treuen in den Staub.

Der Hingestreckt' ist's auferstehungslos,

Und wo er hinsank, sank er in sein Grab.

Er sträubt, und wieder, mit unsäglicher

Anstrengung sich empor: es ist umsonst!

Die giftgeätzten Knochen brechen ihm,

Und wieder nieder sinkt er in sein Grab.

Ja, in des Sinns entsetzlicher Verwirrung,

Die ihn zuletzt befällt, sieht man ihn scheußlich

Die Zähne gegen Gott und Menschen fletschen,

Dem Freund, dem Bruder, Vater, Mutter, Kindern,

Der Braut selbst, die ihm naht, entgegenwütend.

DIE HERZOGIN *indem sie an der Tochter Brust niedersinkt.*

O Himmel!

HELENA.

Meine vielgeliebte Mutter!

GUISKARD *sich langsam umsehend.*

Was fehlet ihr?

HELENA *zögernd.*

Es scheint

GUISKARD.

Bringt sie ins Zelt!

Helena führt die Herzogin ab.

DER GREIS.

Und weil du denn die kurzen Worte liebst:

O führ uns fort aus diesem Jammertal!

Du Retter in der Not, der du so manchem

Schon haltst, versage deinem ganzen Heere

Den einz'gen Trank nicht, der ihm Heilung bringt,

Versag uns nicht Italiens Himmelslüfte,

Führ uns zurück, zurück, ins Vaterland!

Fußnoten

1 Guiskard heißt S c h l a u k o p f ; ein Zuname, den die Normänner dem Herzog gaben.

2 Wilhelm von der Normandie, Stifter des Normännerstaats in Italien, hatte drei Brüder, die einander, in Ermangelung der Kinder, rechtmäßig in der Regierung folgten. Abälard, der Sohn des dritten, ein Kind, als derselbe starb, hätte nun zum Regenten ausgerufen werden sollen; doch Guiskard, der vierte Bruder, von dem dritten zum Vormund eingesetzt sei es, weil die Folgereihe der Brüder für ihn sprach, sei es, weil das Volk ihn sehr liebte, ward gekrönt, und die Mittel, die angewendet wurden, dies zu bewerkstelligen, vergessen. Kurz, Guiskard war seit dreißig Jahren als Herzog, und Robert, als Thronerbe, anerkannt. Diese Umstände liegen wenigstens hier zum Grunde.

3 Dieser Punkt war (wie sich in der Folge ausgewiesen haben würde) die Forderung der Verräter in Konstantinopel: daß nicht die, von dem A l e x i u s K o m n e n e s vertriebene, Kaiserin von Griechenland, im Namen ihrer Kinder, sondern Guiskard selbst, die Krone ergreifen solle.